EL CHAVO™

LOCOS POR LA L[...]
CRAZY FOR W[...]

Adaptado por María Domínguez
y
Juan Pablo Lombana

SCHOLASTIC INC.

ISBN 978-0-545-70692-6

10 9 8 7 6 5 4 3   14 15 16 17 18 19/0

Designed by Angela Jun

Printed in the U.S.A.   40

First printing, August 2014

-Chavo, ¿qué haces? -preguntó don Ramón.

-Estoy jugando a ser mi luchador favorito, el Justiciero Enmascarado -dijo el Chavo.

"Chavo, what are you doing?" asked Don Ramón.
"I'm pretending to be my favorite wrestler, the Secret Masked Crusader," said Chavo.

-Si yo fuera luchador, practicaría las llaves en el dueño de esta vecindad, el Sr. Barriga –dijo don Ramón–. Y tendría dinero para irme de aventuras por todo el mundo.

"If I were a wrestler, I'd practice my moves on Mr. Barriga, the landlord," said Don Ramón. "And I'd have money to go on adventures around the world."

–Si yo fuera luchador, me compraría muchas tortas de jamón –dijo el Chavo.
En ese momento, don Ramón vio venir al Sr. Barriga. Don Ramón tomó la máscara del
Chavo y salió corriendo.

"If I were a wrestler, I'd buy lots of ham sandwiches," said Chavo.
That's when Don Ramón saw Mr. Barriga coming. Don Ramón grabbed Chavo's mask and ran away.

Más tarde, el Chavo fue al apartamento de don Ramón a buscar su máscara. Pero don Ramón no estaba allí.

Solo encontró una nota que decía: "Chavo, me fui a cumplir mi deseo de viajar alrededor del mundo. Adiós. Te quiere, don Ramón".

Later, Chavo went to Don Ramón's apartment to get his mask back. But Don Ramón wasn't home. There was just a note that said: "Chavo, I went to fulfill my dream of traveling around the world, Good-bye. With love, Don Ramón."

Justo en ese momento, el Sr. Barriga regresó a cobrar la renta. El Chavo le dijo que don Ramón se había ido.

—Chavo, ¿estás bromeando? —preguntó el Sr. Barriga—. ¿Acaso don Ramón se está escondiendo para no pagar la renta?

Just then, Mr. Barriga came back to collect Don Ramón's rent. Chavo told Mr. Barriga that Don Ramón had gone away.

"Is this a joke, Chavo?" asked Mr. Barriga. "Is Don Ramón hiding so he doesn't have to pay his rent?"

Pero antes de que pudieran decir otra palabra, el Sr. Barriga se quedó paralizado.
–¡Es el Justiciero Enmascarado! –dijo el Chavo.

Before they could say another word, Mr. Barriga gasped.
"It's the Secret Masked Crusader!" said Chavo.

—¡Soy un gran admirador! –dijo el Sr. Barriga–. ¿Qué hace usted aquí?

—Mi buen amigo don Ramón está de viaje y me pidió que cuidara su casa –dijo el Justiciero Enmascarado.

—Se puede quedar el tiempo que desee –dijo el Sr. Barriga–. Y quizás hasta le pueda enseñar a los niños a luchar.

"I'm a big fan!" said Mr. Barriga. "What are you doing here?"

"My very good friend Don Ramón is traveling and asked me to look after his home," said the Secret Masked Crusader.

"Stay as long as you'd like," said Mr. Barriga. "Maybe you can even teach the kids some wrestling moves, too."

Esa tarde, el Justiciero Enmascarado reunió al Chavo, la Popis, Quico y Godínez. Les iba a enseñar algunas llaves de lucha libre.

That afternoon, the Secret Masked Crusader gathered Chavo, Popis, Quico, and Godínez together. He was going to teach them some wrestling moves.

-Primero, dominen al contrario con un abrazo del oso, después le hacen la quebradora y luego un rehilete. ¿Me entendieron? -les dijo a los chicos el luchador.

"First, you control your opponent with a bear hug, then you take him down with a Knee Knocker and then a Veggie Blender. Got it?" the Secret Masked Crusader said to the kids.

La Popis no se hizo esperar. De una vez agarró a Quico y al Chavo. Ya se imaginaba luchando en un verdadero combate.

Popis didn't wait. She grabbed Quico and Chavo. She could easily imagine herself fighting in a real wrestling match.

—Esto de la lucha libre es facilísimo –dijo la Popis con un pie encima de Godínez.
—Bien hecho, Popis –dijo el Justiciero Enmascarado.

"This wrestling stuff is kinda easy," said Popis as she pinned Godínez to the ground.
"Nicely done, Popis," said the Secret Masked Crusader.

El Sr. Barriga vino a hablar con el Justiciero Enmascarado después de la práctica.

–Debe de ser difícil ganarse la vida como luchador profesional –dijo.

–Sí, caray... Yo no sé cómo le hacen los que se dedican a esto –dijo el Justiciero Enmascarado.

Mr. Barriga came to talk to the Secret Masked Crusader after practice. "It must be very difficult to make a living as a professional wrestler," he said.

"Yeah, right. Sometimes I don't know how those guys do it . . ." said the Secret Masked Crusader.

-¿Cómo dice? -preguntó el Sr. Barriga-. Pues sepa que he estado pensando seriamente dedicarme a la lucha libre. ¿Le gustaría ser mi socio?

El Justiciero Enmascarado se imaginó al Sr. Barriga en el ring y soltó una carcajada.

-Cuando dije que estaba pensando dedicarme a la lucha libre no me refería a ser luchador -dijo el Sr. Barriga.

"What did you say?" asked Mr. Barriga. "Well, I've been seriously thinking of going into wrestling myself. Maybe we could be partners?"

The Secret Masked Crusader imagined Mr. Barriga in the ring and laughed.

"When I said I was thinking of going into wrestling, I didn't mean I'd be a wrestler," said Mr. Barriga.

Al día siguiente, el Chavo fue a visitar al Justiciero Emmascarado.

—El Sr. Barriga le manda este pastel. Dice que es un honor tenerlo de socio —dijo.

—¿De socio? —dijo el Justiciero Enmascarado.

En ese momento, el Chavo trató de hacer una de las llaves que el Justiciero Enmascarado le enseñó... y el pastel fue a parar en la cara del luchador.

The following day, Chavo visited the Secret Masked Crusader. "Mr. Barriga sends you this cake. He says it's an honor to have you as a partner," said Chavo.

"As a partner?" asked the Secret Masked Crusader.

Just then, Chavo tried out one of the moves the Secret Masked Crusader had shown him . . . and knocked the cake into the wrestler's face.

–Fue sin querer queriendo –dijo el Chavo.
Cuando el Justiciero Enmascarado se puso a protestar, al Chavo le pareció escuchar una voz familiar. Así que le quitó la máscara al luchador.

"Sorry, didn't mean to," said Chavo.
When the Secret Masked Crusader grumbled and wiped the icing away, Chavo heard something familiar in his voice. So Chavo ripped off the wrestler's mask.

-¿Don Ramón, por qué no me dijo que usted era el Justiciero Enmascarado?
-preguntó el Chavo.
-Por supuesto que no soy él, Chavo. Me puse la máscara para recorrer el mundo
-dijo don Ramón.

"Don Ramón? Why didn't you tell me you were the Secret Masked Crusader?" asked Chavo.
"I'm not really him, Chavo. I put on the mask to travel the world," said Don Ramón.

–¿Y por qué regresó? –preguntó el Chavo.
–¡Pues porque te extrañaba, Chavo! Pero no le puedes decir a nadie –dijo don Ramón.

"So, why did you come back?" asked Chavo.
"Because I missed you, Chavo! But you can't tell anyone about this," said Don Ramón.

Cuando el Chavo y don Ramón salieron al patio, se llevaron una sorpresa. Allí estaba el Sr. Barriga.

—He concertado su próxima pelea —dijo el Sr. Barriga—. Será contra el Furioso Desesperado.

When Chavo and Don Ramón went out to the patio, they got a surprise. Mr. Barriga was there. "I've scheduled your next match," said Mr. Barriga. "Against the Raging Raider!"

-Bueno, me temo que eso no será posible –dijo don Ramón.

-¿Y por qué? –preguntó el Sr. Barriga.

Don Ramón se quitó la máscara.

"Well, I'm afraid it won't be possible," said Don Ramón.

"Why is that?" asked Mr. Barriga.

Don Ramón took off the mask.

-¿A poco cree que me tragué el cuento de que era el Justiciero Enmascarado? -dijo el Sr. Barriga-. Si le seguí la corriente fue por los niños. ¡Hasta pensé perdonarle los meses de renta que debe!

"Did you really think that I believed you were the Secret Masked Crusader?" said Mr. Barriga. "I only went along with it to entertain the kids. I even considered not collecting the rent money you owe me!"

-Pero todavía puede hacerlo, Sr. Barriga -dijo don Ramón.

-¡Ah, no! Esos va a tener que pagarlos, y ahora también tendrá que luchar contra el Furioso Desesperado -dijo el Sr. Barriga.

Don Ramón trató de escapar, pero el Sr. Barriga lo sujetó por la capa.

"Can you still forget about the rent?" asked Don Ramón.

"Oh, no! You have to pay that, and now you'll have to fight the Raging Raider, too," said Mr. Barriga.

Don Ramón tried to run away, but Mr. Barriga grabbed his cape.

Así fue como el Chavo se convirtió en el entrenador de don Ramón y lo ayudó a prepararse para la pelea.

–¡Usted sí puede, don Ramón! –exclamó el Chavo.

So Chavo became Don Ramon's coach and helped him get ready for the fight.

"You can do it, Don Ramón!" Chavo cheered.

-Más alto, don Ramón -dijo el Chavo tratando de animar a don Ramón-. ¡Más alto!

"Lift it higher, Don Ramón," encouraged Chavo. "Higher!"

Finalmente, llegó el día de la gran pelea.

 Finally, the day of the big fight arrived.

-Chavo, abróchame bien la máscara -dijo don Ramón.

-Eso, eso, eso -dijo el Chavo poniéndole pegamento a la máscara. Pero lo hizo tan rápido que ni don Ramón se dio cuenta.

"Chavo, tighten my mask," said Don Ramón.
"That's it, that's it, that's it," said Chavo as he glued the mask to Don Ramon's head. Chavo was so quick, Don Ramón didn't notice.

Tan pronto como comenzó la pelea, don Ramón comenzó a gritar:
–¡Suélteme, por favor! ¡Yo no soy el Justiciero Enmascarado!
–¡No me digas! –dijo el Furioso Desesperado.

As soon as the fight started, Don Ramón cried, "Let me go, please! I'm not the Secret Masked Crusader!"
"Oh, really?" said the Raging Raider.

−¡Me quitaré la máscara para que vea! –dijo don Ramón tratando de quitarse la máscara.

Pero El Furioso Desesperado estaba tan molesto que lanzó a don Ramón fuera del ring. El Furioso subió por las cuerdas y saltó. Pero en vez de caerle encima a don Ramón, le cayó encima a Quico.

"I'll take off my mask to prove it," said Don Ramón. But the mask was glued to his head!
The Raging Raider was so mad that he threw Don Ramón out of the ring. The Raider climbed on the ropes and lunged at Don Ramón. But instead of crushing Don Ramón, he fell on top of Quico.

—Óigame, ¿por qué le cayó encima a mi tesoro? —le gritó doña Florinda al Furioso Desesperado lanzándolo de vuelta al ring.

En un segundo, ella también se subió al ring.

"Hey, why did you land on top of my muffin?" Doña Florinda asked the Raging Raider. Then she threw him back to the ring. In a split second, Doña Florinda was in the ring, too.

–¿Acaso no sabe que a una mujer no se le deja con la palabra en la boca? –preguntó doña Florinda sacudiendo al Furioso Desesperado como si fuera una muñeca de trapo. En un tiempo récord, lo noqueó... ¡y luchó incluso mejor que el verdadero Justiciero Enmascarado!

"Don't you know you should never ignore a woman when she's talking?" she said.
Doña Florinda tossed the Raging Raider around the ring like a rag doll. In record time, she knocked him out . . . and her moves were even better than the moves of the real Secret Masked Crusader!

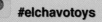